Date: 06/01/21

SP J 359 MOR
Morey, Allan,
La Marina de Guerra de los
Estados Unidos /

LAS FUERZAS ARMADAS DE LOS ESTADOS UNIDOS

LA MARINA DE GUERRA DE LOS ESTADOS UNIDOS

por Allan Morey

pogo
en español

Ideas para los padres de familia y los maestros

Los Pogo Books permiten a los lectores practicar la lectura de textos informativos y los familiarizan con las características de la literatura de no ficción, como los encabezados, las etiquetas, las barras laterales, los mapas y diagramas, al igual que una tabla de contenido, un glosario y un índice. Los textos, cuidadosamente escritos para el nivel de los estudiantes, y la sólida correspondencia con una foto ofrecen a los lectores de temprana edad que leen con fluidez el apoyo necesario para tener éxito.

Antes de la lectura

- Recorra las páginas del libro indíquele al niño o a la niña las diversas características de la literatura de no ficción. Pregúntele qué propósito tiene cada característica.

- Miren el glosario juntos. Lean y conversen acerca de las palabras.

Lean el libro

- Permita que lea el libro de forma independiente.

- Pídale que haga una lista de las preguntas que le surjan a partir de la lectura.

Después de la lectura

- Hablen acerca de las preguntas que le hayan surgido y sobre cómo él o ella podría obtener las respuestas a esas preguntas.

- Motive al niño o a la niña a pensar más. Pregúntele: ¿Qué sabías acerca de los trabajos en la Marina de Guerra de los Estados Unidos antes de leer este libro? ¿Qué más quisieras saber después de leerlo?

Pogo Books are published by Jump!
5357 Penn Avenue South
Minneapolis, MN 55419
www.jumplibrary.com

Library of Congress Cataloging-in-Publication Data

Names: Morey, Allan, author.
Title: La Marina de Guerra de los Estados Unidos por Allan Morey.
Other titles: U.S. Navy. Spanish
Description: Minneapolis, MN: Jump!, Inc., 2021.
Series: Las fuerzas armadas de los Estados Unidos
Includes index.
Audience: Ages 7-10 | Audience: Grades 2-3
Identifiers: LCCN 2020015320 (print)
LCCN 2020015321 (ebook)
ISBN 9781645276296 (hardcover)
ISBN 9781645276302 (ebook)
Subjects: LCSH: United States. Navy–Juvenile literature.
Classification: LCC VA58.4 .M6718 2021 (print)
LCC VA58.4 (ebook) | DDC 359.00973–dc23

Editor: Susanne Bushman
Designer: Molly Ballanger
Translator: Annette Granat

Content Consultant: Lieutenant Junior Grade Katherine Lindman, U.S. Navy

Photo Credits: U.S. Navy, cover, 3, 4, 5, 6-7,.8, 9, 10-11, 12-13, 14-15, 16, 17, 18-19, 20-21; DanielBendjy/iStock, 1 (foreground); turtix/Shutterstock, 1 (background); ART Collection/Alamy, 23.

Printed in the United States of America at Corporate Graphics in North Mankato, Minnesota.

TABLA DE CONTENIDO

CAPÍTULO 1

EN EL MAR

Un buque de guerra de la Marina de Guerra de los Estados Unidos acelera a través del mar. Tiene armas de fuego grandes. Está **patrullando**.

buque de guerra

Los marineros de la Marina de Guerra forman la **tripulación** del barco. Mantienen los océanos protegidos. Los marineros pasan muchos meses en el mar. Todo lo que necesitan está en el barco. ¡Tienen barberías, gimnasios y tiendas!

marinero

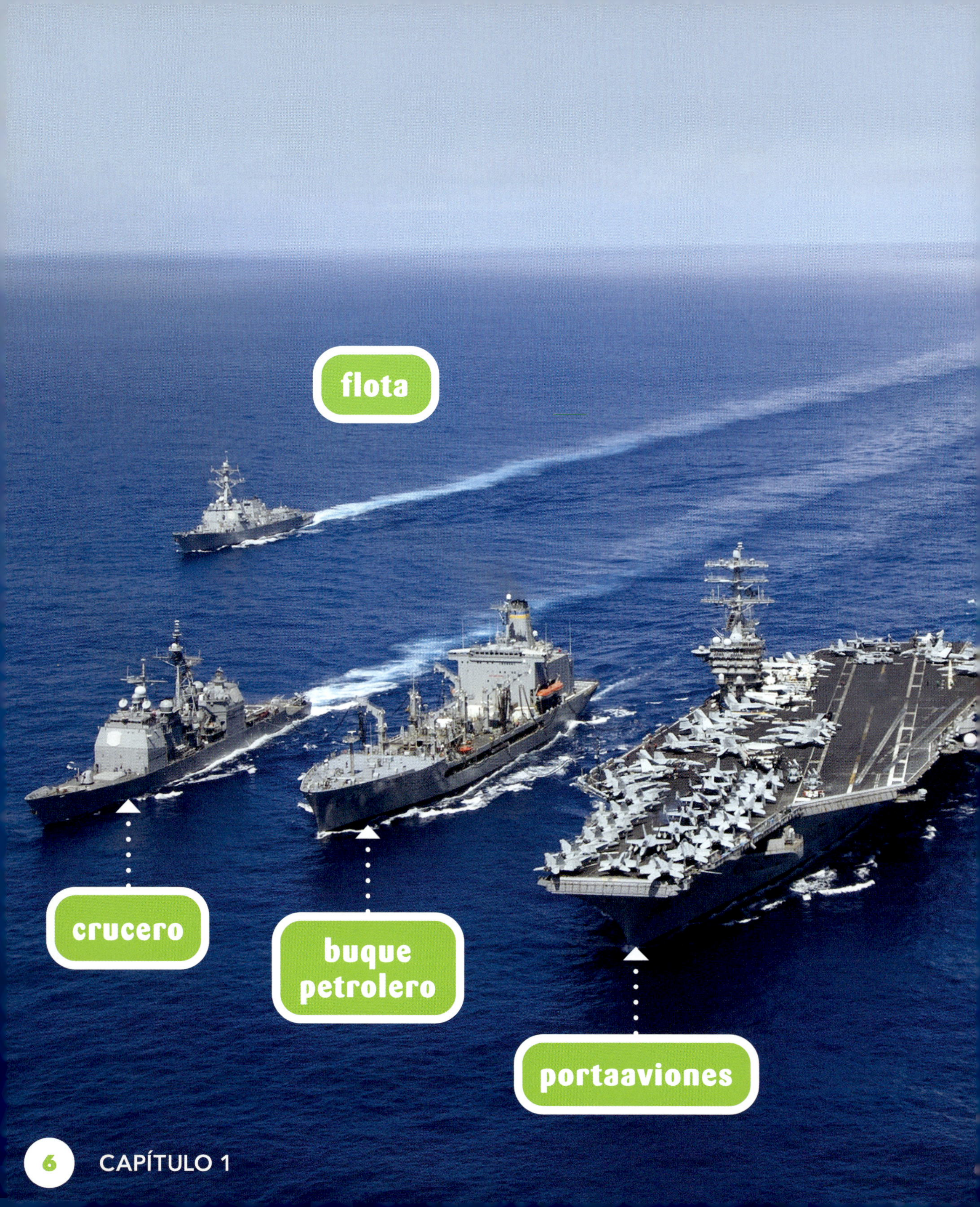
flota
crucero
buque petrolero
portaaviones

Los barcos de la Marina de Guerra a menudo navegan juntos en **flotas**. Los destructores y los cruceros son barcos de guerra pequeños y rápidos. Protegen a otros barcos.

Los barcos más grandes son los portaaviones. ¡Son como aeropuertos flotantes! Los aviones de combate despegan y aterrizan desde sus **cubiertas**. ¿Por qué? No pueden volar a través del océano y de regreso.

¿LO SABÍAS?

Los buques petroleros les llevan suministros a los barcos de la Marina de Guerra. ¿De qué tipo? Les llevan combustible para que los barcos puedan seguir en marcha. ¡También les llevan comida! Esto ocurre aproximadamente una vez por semana.

CAPÍTULO 2

LOS TRABAJOS DE LA MARINA DE GUERRA

A los nuevos miembros de la Marina de Guerra se les conoce como **reclutas**. Primero, asisten a un entrenamiento básico. Deben pasar pruebas físicas. Estas incluyen pruebas de natación.

Después del entrenamiento básico, los marineros aprenden a hacer un trabajo. ¿Como cuál? Algunos disparan las armas de fuego de un barco. Otros se ocupan de barcos y **aeronaves**.

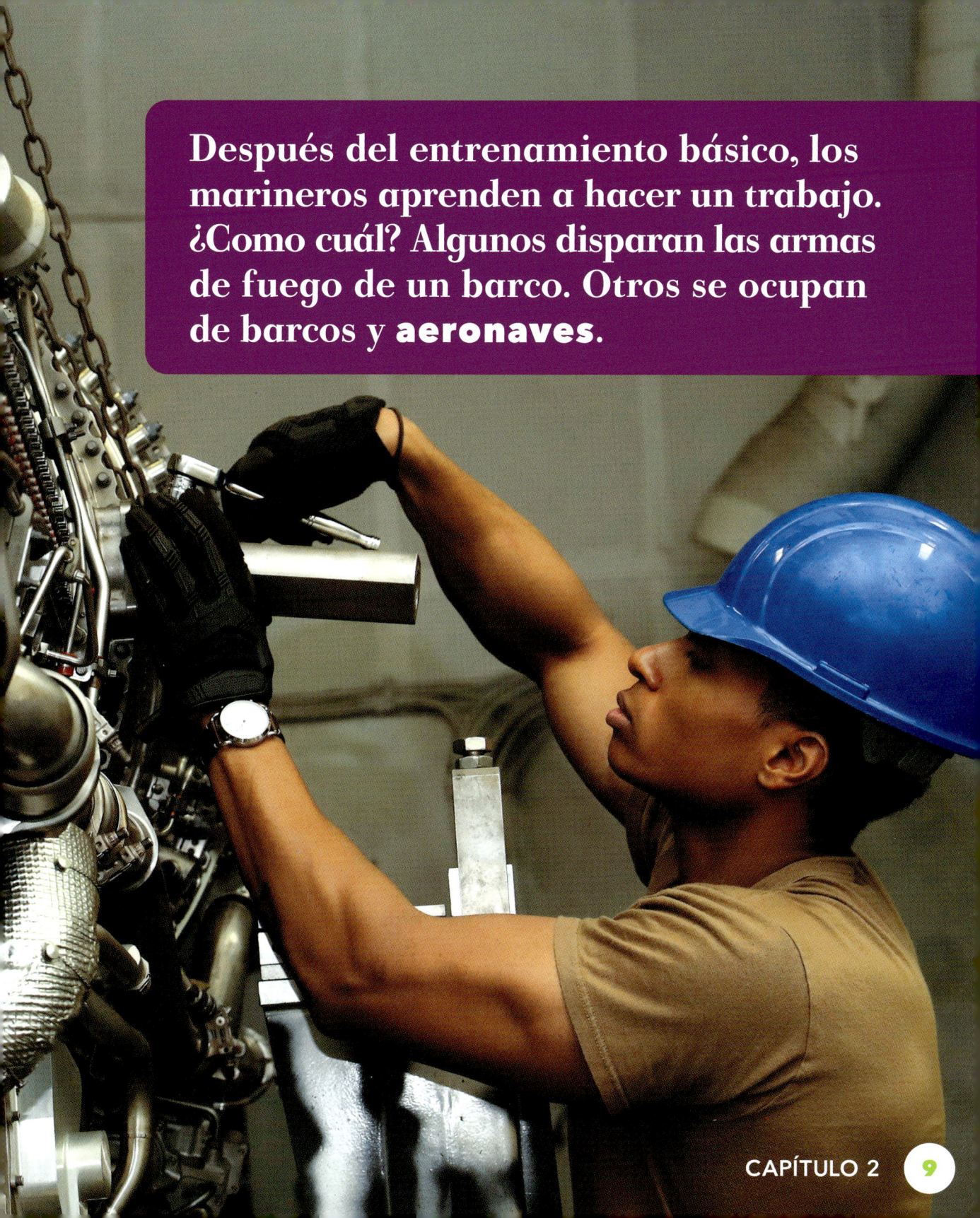

piloto

Algunos marineros se entrenan para convertirse en oficiales. Un oficial podría estar al mando de un barco o de una flota entera. Otros se convierten en pilotos. Ellos pilotean aviones de combate y helicópteros.

¡ECHA UN VISTAZO!

Los oficiales de la Marina de Guerra usan una **insignia** para mostrar sus **rangos**. Se las colocan en los hombros en sus uniformes formales. ¡Echa un vistazo!

INSIGNIA

almirante
Este oficial está a cargo de una flota.

capitán
Este oficial podría estar a cargo de un barco o una base naval o al comando de un conflicto armado.

comandante
Este oficial podría ser el segundo al mando de un barco.

teniente
Este oficial lidera a un grupo de marineros.

alférez
Este oficial se acaba de graduar de un programa de oficiales.

Algunos marineros trabajan en **submarinos**. ¡Estos barcos pueden permanecer bajo el agua hasta 90 días! Muchos son pequeños. Los marineros a veces tienen que compartir una cama. ¡Duermen a distintas horas! Ellos le llaman a esto dormir en literas calientes.

¿QUÉ OPINAS?

Los marineros pueden estar en el mar por muchos meses. ¿Cómo crees que se sentiría esto?

submarino

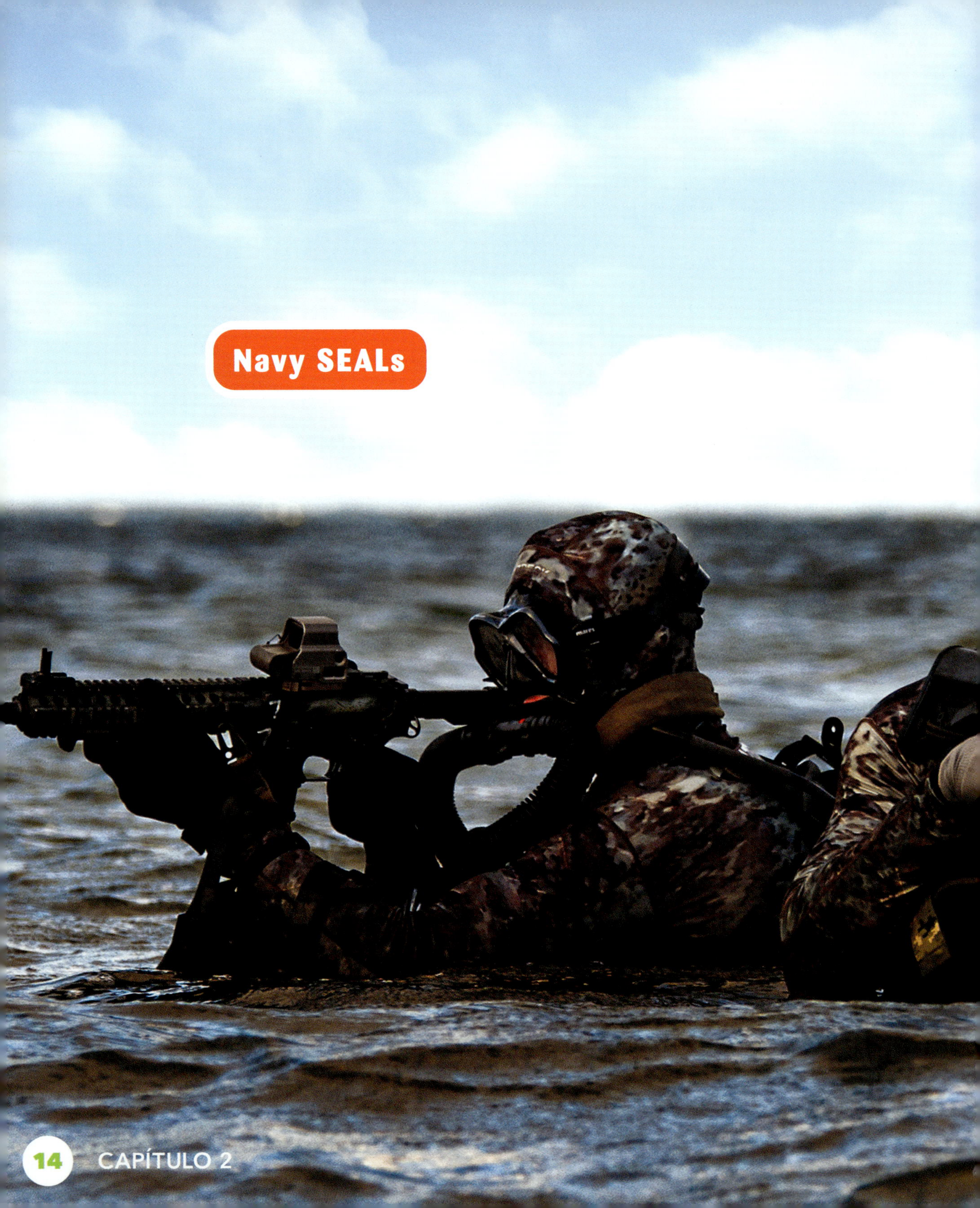
Navy SEALs

Los marineros pueden recibir un entrenamiento para formar parte de los Navy SEALs: las Fuerzas de Operaciones Especiales de la Marina de Guerra de los Estados Unidos. SEAL significa mar, aire y tierra en inglés (sea, air, and land). Los SEALs se entrenan para ir a cualquier sitio en sus **misiones**. Son altamente calificados. Ellos bucean debajo del agua. Se lanzan en paracaídas desde los aviones.

¿LO SABÍAS?

En el 2009, unos piratas se apoderaron de un barco de los Estados Unidos en el océano Índico. ¡Los Navy SEALs rescataron a la tripulación del barco!

CAPÍTULO 3

LAS MISIONES DE LA MARINA DE GUERRA

La Marina de Guerra de los Estados Unidos se esfuerza mucho por mantener a los Estados Unidos a salvo. También ayuda a otras **ramas** de las Fuerzas Armadas. Durante los **conflictos**, los barcos de la Marina de Guerra pueden transportar a los infantes de marina a la costa. Ellos usan botes con colchones de aire. ¡Ellos son muy rápidos!

colchón de aire ····▶

helicóptero MH-60R Seahawk

Los marineros llevan provisiones a las **tropas** terrestres. Los helicópteros de la Marina de Guerra llevan a los soldados heridos del Ejército a un lugar seguro.

buques
de carga

La Marina de Guerra también trabaja durante tiempos de paz. Patrulla los océanos. Protege a los Estados Unidos de los ataques por mar.

Los barcos de la Marina de Guerra también mantienen a los **buques de carga** libres de ataque. Viajan con ellos a través del océano. Mantienen los mares a salvo para todos.

La Marina de Guerra ayuda además durante **desastres naturales**. En el 2010, un terremoto azotó Haití. La Marina de Guerra envió barcos hospitalarios. Los marineros en ellos ayudaron a la gente herida.

Los marineros le ayudan a la gente alrededor del mundo. ¿Te gustaría servir en la Marina de Guerra de los Estados Unidos?

¿QUÉ OPINAS?

El presidente de los Estados Unidos está a cargo de las Fuerzas Armadas. A él o ella se le llama comandante en jefe. ¿Te gustaría tener este trabajo? ¿Por qué o por qué no?

barco hospitalario

DATOS BREVES & OTRAS CURIOSIDADES

CRONOLOGÍA

1775
La Marina de Guerra Continental se forma durante la Guerra de la Independencia (1775-1783).

1776
El *Turtle* es el primer submarino de los EE. UU. utilizado en combate.

1920
El USS Langley se convierte en el primer portaaviones de la Marina de Guerra de los EE. UU.

1962
Se establecen los primeros equipos SEAL.

1994
Las mujeres son desplegadas a los barcos de combate por primera vez.

LA MISIÓN DE LA MARINA DE GUERRA DE LOS EE. UU.:

La misión de la Marina de Guerra de los EE. UU. es reclutar, entrenar, equipar y organizar para producir fuerzas marinas preparadas para el combate con la meta de ganar conflictos y guerras, manteniendo, a la vez, la seguridad y disuasión a través de una presencia sostenida al frente.

LOS MIEMBROS DE LA MARINA DE GUERRA DE LOS EE. UU. EN SERVICIO ACTIVO:

Alrededor de 332,000 (en el 2019)
Los miembros en servicio activo sirven a tiempo completo.

LOS MIEMBROS DE LA MARINA DE GUERRA DE LOS EE. UU. EN LA RESERVA:

Alrededor de 60,000 (en el 2019)
Los miembros en la Reserva se entrenan y sirven a tiempo parcial.

BARCOS DESPLEGABLES:

Alrededor de 292 (en el 2019)

GLOSARIO

aeronaves: Vehículos que pueden volar.

buques de carga: Barcos que llevan provisiones y suministros.

conflictos: Guerras u otras peleas.

cubiertas: Los niveles superiores planos de los barcos.

desastres naturales: Eventos en la naturaleza, tales como huracanes, terremotos e inundaciones, que ocasionan mucho daño.

flotas: Grupos de barcos.

insignia: Símbolos que muestran los rangos de la gente en las fuerzas armadas.

misiones: Tareas o trabajos.

patrullando: Vigilando un área.

ramas: Los grupos de las Fuerzas Armadas de los Estados Unidos, incluyendo la Fuerza Aérea de los EE. UU., el Ejército de los EE. UU., la Guardia Costera de los EE. UU., el Cuerpo de Marines de los EE. UU., y la Marina de Guerra de los EE. UU.

rangos: Posiciones en las fuerzas armadas.

reclutas: Los nuevos miembros de una fuerza armada.

submarinos: Barcos debajo del agua.

tripulación: Todos los miembros de la Marina de Guerra que trabajan en un barco.

tropas: Los miembros de las fuerzas armadas.

ÍNDICE

PARA APRENDER MÁS

Aprender más es tan fácil como contar de 1 a 3.

1. Visita www.factsurfer.com
2. Escribe "LaMarinadeGuerradelosEstadosUnidos" en la caja de búsqueda.
3. Elige tu libro para ver una lista de sitios web.

FACT SURFER